LE

VAL D'ARAN

ESSAI CHRONOLOGIQUE

PAR

Paul de CASTERAN

AUCH

IMPRIMERIE ET LITHOGRAPHIE G. FOIX, RUE BALGUERIE

—

1898

LE VAL D'ARAN

LE

VAL D'ARAN

ESSAI CHRONOLOGIQUE

PAR

Paul de CASTERAN

AUCH

IMPRIMERIE ET LITHOGRAPHIE G. FOIX, RUE BALGUERIE

—

1898

Après avoir suivi pendant l'époque romaine la fortune du Comminges dont elle faisait partie, la vallée d'Aran appartint successivement aux Wisigoths, aux Mérovingiens et aux Carolingiens; des princes inconnus qui la gouvernèrent du ixe siècle à l'année 904, elle passa aux rois de Navarre qui la transmirent aux rois d'Aragon leurs ayants-cause (1). Ceux-ci la donnèrent aux comtes de Bigorre en 1119 et la leur reprirent en 1192 (2).

Conquise par Philippe-le-Hardi en 1285, et annexée à son pays de Rivière, elle ne fut rendue que vingt-sept ans plus tard, en 1312, par Philippe-le-Bel à Jacques II, roi d'Aragon (3).

Le mariage de Ferdinand V avec Isabelle la Catholique l'unit définitivement à l'Espagne en 1479.

Confirmés et augmentés à plusieurs reprises, ses très anciens privilèges lui valurent une sorte d'autonomie qu'elle défendit toujours avec autant de fermeté que d'adresse.

Des considérations économiques d'abord et dynastiques ensuite la préservèrent jusqu'à nos jours d'une annexion à la France dont elle subit fréquemment les faciles invasions.

En 1387 (4), ses habitants aidèrent Ferdinand le Catholique à expulser les Français qui l'avaient occupée de 1470 à 1478.

En 1597, ils infligèrent une sanglante défaite aux Huguenots du vicomte de Saint-Girons (5).

En 1647, Condé, vice-roi de Catalogne, fit occuper leur pays par des troupes françaises et nomma chatelain de la forteresse de Castelléon François de Saint-Paul, seigneur de Nestier. Ce gouverneur conserva

---

(1) *Origines du duché de Gascogne*, par J.-F. Bladé.

(2) *Marca-Hispanica*.

(3) « Cession définitive du val d'Aran à l'Aragon, par Philippe-le-Bel ». M. Félix Pasquier, *Revue de Comminges*, 1892, page 101. Cette étude contient une bibliographie de la vallée d'Aran.

(4) *Memoria acerca de el valle de Aran*, par Don Manuel Perez de Aguilar (Gerona, 1878).

(5) *El valle de Aran*, par le docteur J.-F. de Gracia de Tolba,

ses fonctions jusqu'au traité de 1659. Mais les principes adoptés alors pour la délimitation des Pyrénées ne furent pas appliqués à la vallée d'Aran considérée comme définitivement espagnole.

Pendant la guerre de Succession, 1701-1715, ses habitants, hostiles à Philippe V, participèrent au pillage de Luchon, mais ils furent réduits et punis par les marquis de Rosel et d'Arpajon, maîtres de la vallée après la prise du château de Castelléon.

Elle fut envahie de nouveau par les troupes du Régent pendant la guerre de la Quadruple-Alliance (1719-1720). M. de Bonas, chargé alors par Berwick de s'emparer du château de Castelléon, créa la route du portillon dans la vallée de Burbe; 1,200 hommes de troupe, 2,000 paysans et 200 paires de bœufs furent employés à ce travail, accompli en huit jours (1). Berwick ordonna la démolition du château de Castelléon.

Le 31 mars 1793, le général Sahuguet, chargé d'occuper la vallée d'Aran, gagna Canejan par le Castillonnès; le reste de sa colonne dont la Tour d'Auvergne faisait partie, alla occuper le Portillon par les vallées de la Pique et de Burbe (2).

Maître du pays, Sahuguet convoqua à Viella, le 14 août 1793, les 30 députés des communes et leur fit donner lecture des décrets rendus les 15, 17 et 22 décembre 1792 par la Convention.

Libres d'adopter telle constitution qu'ils voudraient, ils consentirent à leur annexion à la France demandant que leur pays fut divisé en trois cantons dont les chefs-lieux seraient Bossost, Viella et Salardu.

M. Joseph Caze, homme de loi à Saint-Béat, fut délégué à l'organisation provisoire de l'administration de la justice et les bases des impositions provisoires furent adoptées.

Il avait été convenu que les anciens prêtres seraient conservés et que le pays aurait le droit d'en nommer d'autres qui ne recevraient aucun salaire de la République.

Un délai fut accordé aux émigrés pour qu'ils pussent rentrer après la fonte des neiges (3).

L'occupation dura jusqu'au traité de Bâle (1795) par lequel la France échangea les places qu'elle tenait dans la Péninsule contre la partie Espagnole de Saint-Domingue.

(1) *Les guerres du XVIII* *siècle sur les frontières du Comminges, du Couserans et des Quatre-Vallées*, par le baron de Lassus (*Revue de Comminges*, années 1893-1894).

(2) *Campagnes de la Révolution française dans les Pyrénées-Orientales* (1793-1794-1795). J.-J. N. Farvel.

(3) Archives de la Haute-Garonne, série M.

Pendant les années qui suivirent le traité de Bâle, la vallée d'Aran eut beaucoup à souffrir des droits prohibitifs exigés aux deux frontières et cessa de jouir en fait du bénéfice des Lies et Passeries (1) respectées cependant par la Convention elle-même.

Le décret impérial du 26 janvier 1812 relatif à la division en quatre départements du territoire de la Catalogne, portait ce qui suit :

« Art. 6. — La vallée d'Aran, située sur les pentes nord des » Pyrénées et où se trouvent les sources de la Garonne, est réunie au » département de la Haute-Garonne » (2).

Par un arrêté du 14 janvier 1812, le baron Desmousseaux, préfet de la Haute-Garonne, régla la nouvelle organisation de cette vallée, dont la prise de possession eut lieu solennellement le 1er juillet 1812 par M. Charrier, sous-préfet de Saint-Gaudens, escorté de M. de Montesquiou, chef du 1er bataillon des chasseurs de montagne, commandant militaire de la vallée d'Aran, et de tous les nouveaux fonctionnaires et administrateurs assemblés dans l'église de Viella où le sous-préfet

---

(1) Jusqu'au moment où les armées de la République française furent victorieuses en Espagne, les communautés contiguës des vallées d'Aran et de Luchon réglèrent toujours à l'amiable leurs différends de frontière.

Mais les conquêtes et les procédés du Premier Consul encouragèrent les habitants de Bagnères-de-Luchon à recourir à la force après le traité de 1795 pour occuper les territoires contestés des montagnes de Campsaur et de Romingas. Les négociations entreprises à ce sujet n'ayant pas abouti, il fut question de recourir enfin aux délimitations définitives stipulées dans le traité de 1659. Des commissaires furent nommés à cet effet de part et d'autre; mais les circonstances ne furent pas favorables à leurs opérations et l'exécution de la grande entreprise dont ils étaient chargés fut encore retardée.

Ce ne fut que six ans après que la Commission internationale de délimitation des Pyrénées fut définitivement organisée. Par arrêté du 24 fructidor an x (1802), le général Pérignon, sénateur et ancien ambassadeur en Espagne, fut nommé par le Premier Consul Commissaire extraordinaire pour régler, conformément aux bases de l'article 7 du Traité de paix conclu en l'an iii entre la France et l'Espagne, tout ce qui était relatif à la rectification des limites des deux États du côté des Pyrénées.

Les citoyens Janolle, Caussé et Puymaurin furent nommés membres de la Commission chargée de la démarcation de ces limites et les citoyens Chrestien et Courtatou leur furent adjoints comme ingénieurs.

Le général Pérignon s'empressa de se mettre en rapport avec tous les sous-préfets de la frontière pour obtenir par leur entremise des maires des communes intéressées tous les renseignements capables de faciliter sa mission pendant son passage sur toute la ligne des Pyrénées.

(2) Dès le 14 janvier 1811, l'Empereur avait fait connaître confidentiellement, au préfet de la Haute-Garonne, par l'intermédiaire du prince de Wagram, son intention de réunir à la France les vallées des Pyrénées dont *le pendant des eaux verse en France*, et l'avait engagé, en conséquence, à lui faire connaître les vallées qu'il serait à propos de réunir à la Haute-Garonne et à joindre à son mémoire les renseignements et les plans nécessaires. (Arch. Haute-Garonne, série M.)

prononça, en Castillan, une harangue dans laquelle il soulignait les bienfaits de l'annexion tout en menaçant les Aranais des foudres impériales en cas d'insurrection.

Ensuite eut lieu un banquet pendant lequel des toasts furent portés « à l'Empereur et Roi *régénérateur des Nations*, à l'Impératrice » *digne compagne du plus grand des héros*, à S. M. le roi de Rome, » l'espoir des Français, et à l'heureuse réunion de la vallée à la grande » Nation. »

Voici en quels termes M. Charrier rendit compte de sa mission au préfet de la Haute-Garonne :

A Saint-Gaudens, le 6 juillet 1812.

Monsieur le Baron,

Je partis le 29 juin pour la vallée d'Aran où je fis mon entrée le 30 accompagné de M. le lieutenant de gendarmerie à la tête de seize gendarmes et avec M. Sengez (1) et MM. les maires de Saint-Béat et de Fos ; j'avais emmené avec moi un secrétaire et deux domestiques.

Je trouvai au Pont-du-Roi, entrée de la vallée une compagnie de troupe de ligne qui était descendue de Canejan pour me recevoir et les Bayles et les Consuls de Canejan, Bauzens et Lez, les trois premières communes de la vallée.

Après avoir répondu au compliment de ces magistrats, je continuai ma route jusqu'aux limites de la communes de Lez, où j'étais attendu par un groupe de jeunes Aranais qui me conduisirent jusqu'aux limites opposées en dansant et s'accompagnant avec des instruments et des castagnettes et agitant grotesquement leurs jambes chargées de grelots. Je trouvai un nouveau groupe de ces jeunes gens à l'entrée de la commune de Bossost ; ils m'accompagnèrent jusques dans la ville à l'entrée de laquelle j'étais attendu par toutes les autorités civiles et ecclésiastiques de Bossost et des communes environnantes. Je me reposai quelque temps dans cette ville où je fus reçu avec beaucoup d'empressement et de prévenance. J'en partis accompagné comme j'y étais entré, et à quelque distance, je pris congé des autorités. Arrivé sur les confins de la commune de Viella, je trouvai M. l'officier supérieur commandant les troupes de S. M. dans la vallée d'Aran qui était venu à ma rencontre avec une compagnie d'élite qui m'escorta jusqu'à l'hôtel qui m'était destiné et devant lequel toutes les troupes de la garnison étaient en bataille. Je fis mon entrée dans Viella au bruit des tambours et trompettes et au son des cloches qu'on avait également mises à la volée lors de mon passage dans les autres communes.

Immédiatement après mon arrivée, je reçus la visite de l'état-major ainsi que celle de tous les fonctionnaires civils et ecclésiastiques qui m'avaient

(1) Le docteur Sengez, maire de Luchon, venait d'être nommé maire-général de la vallée d'Aran.

attendu à la porte de la ville. Je me rendis ensuite chez M. le commandant qui m'avait envoyé à Saint-Béat une invitation à dîner. Cet officier avait réuni à l'état-major les autorités de la ville et les principaux habitants.

Après le dîner, je me retirai pour ordonner les préparatifs de la cérémonie du lendemain dont j'aurai l'honneur de vous envoyer incessamment le procès-verbal. Cette cérémonie s'est faite avec beaucoup de pompe et de dignité. J'étais revêtu de mon grand costume d'Auditeur, les troupes avaient la grande tenue, les fonctionnaires étaient décorés de leur charge.

J'avais l'intention de me rendre le 3 à Montgarry, extrémité de la partie supérieure de la vallée, mais le temps s'étant considérablement dérangé et mes affaires ne me permettant pas de prolonger mon séjour, je partis le 3 pour me rendre dans mon chef-lieu, et je passai par Bagnères-de-Luchon, afin de connaître le chemin dit du Portillon qui sert de communication entre cette ville et la vallée d'Aran.

Je ne vous dirai pas, Monsieur le Baron, que les Aranais m'aient donné d'éclatants témoignages de satisfaction de se voir réunis à l'Empire. De telles démonstrations m'eussent étonné; elles m'eussent même paru suspectes. Mais ils n'ont montré aucun mécontentement. Les chefs même paraissent en sentir déjà l'avantage et ils l'apprécieront encore mieux quand ils connaîtront le gouvernement paternel sous lequel ils vont vivre et surtout quand ils se verront délivrés de la tyrannie et des concussions dont ils sont les victimes depuis quelque temps.

La conscription (ils me l'ont dit avec beaucoup de franchise) est la seule chose qui les inquiète. Sans cela je crois qu'ils n'éprouveraient pas le moindre déplaisir de se voir Français. S'il était possible de ne pas les y soumettre de quelque temps, ce serait un bien.

Ils ont été extrêmement flattés de me voir parler castillan qu'ils entendent et parlent eux-mêmes. Cela a établi entre nous un rapport immédiat de confiance qui j'espère sera avantageux aux intérêts de S. M. La manière dont je les ai traités les a parfaitement disposés en ma faveur. Ils sont enchantés aussi d'avoir M. Sengez et je n'ai pas manqué de leur faire sentir l'obligation qu'ils devaient vous avoir de ce choix.

Le jour de mon entrée était très beau et j'ai pu voir à découvert la vallée qui est très jolie depuis Lez. Elle est bien cultivée, et cette nouvelle partie de mon arrondissement peut devenir très importante, surtout si les provinces espagnoles situées en deçà de l'Ebre étaient réunies à l'Empire. Viella pourrait alors devenir l'entrepôt d'un commerce considérable et qui apporterait l'aisance dans la vallée dont le génie commercial ne cherche que des occasions favorables pour se développer.

Suivent les protocoles, etc...

Ces formalités remplies, tous les chefs de service de la Haute-Garonne se mirent à l'œuvre sans retard pour réorganiser l'administration de ce pays où était encore en vigueur un très grand nombre d'anciens privilèges, comme on peut s'en convaincre en lisant les extraits suivants de divers mémoires rédigés sur les lieux pour faciliter les travaux préparatoires de l'annexion.

Cette vallée dépendait de la principauté de Catalogne (1); il y avait trente villages (2) et deux hameaux ne formant en tout que vingt-huit justices ou municipalités qui se composaient chacune d'un bayle et de deux consuls.

Le bayle faisait exécuter les ordres du gouverneur et du juge et les remplaçait dans chaque village comme président des conseils des communes, la police était confiée aux consuls; on évaluait la population à 13,000 âmes.

L'administration supérieure de la vallée était confiée à un conseil composé de dix membres y compris le gouverneur qui en était le président né et le juge qui présidait en son absence. Elle se divisait en six cantons ou terçons (3) dont chacun renfermait de quatre à six communes suivant leur position plus ou moins rapprochée; chaque terçon nommait chaque année son conseiller, et ces six conseillers réunis avec le gouverneur, le juge, le syndic-trésorier et le greffier formaient le conseil général de la vallée. Il était convoqué le 1er de chaque mois pour régler les dépenses du mois écoulé.

Mais toutes les fois qu'il s'agissait d'établir une imposition ou un droit quelconque, de former quelques établissements ou quelque entreprise qui intéressât les communes en général, le conseil général se réunissait et après avoir consulté les terçons, il délibérait.

Si les opinions étaient divisées, le gouverneur avait voix prépondérante et vidait le partage.

L'administration immédiate du pays était confiée à trois bayles-majors dont le premier résidait à Viella, le deuxième dans le canton de Pujols, le troisième dans le canton de Leyrisse. Leurs fonctions étaient gratuites et semblaient héréditaires dans les familles de ceux qui en

---

(1) Assimilée aujourd'hui aux autres parties de l'Espagne, la vallée d'Aran dépend de la province de Lérida formant avec celles de Girone, Tarragone et Barcelone la principauté de Catalogne.

(2) D'après le docteur Gracia de Tolba, en 1613, la vallée d'Aran contenait:

villes	voisins	églises	bénéfices	tours	châteaux
30.	1.034.	69.	117.	22.	6.

(3) C'étaient les terçons: 1º des Pujoles dont le chef-lieu était Salardu, ville encore murée en 1642; 2º d'Arties; 3º de Vielle; 4º de Mercatousé; 5º de Leyrisse; 6º de Bossost.

Les six conseillers représentant les terçons avaient pour président le conseiller de Pujoles qui prenait le nom de prieur.

Le nom de terçon avait été adopté quand toute la vallée n'était encore divisée qu'en trois districts.

étaient revêtus puisqu'à la mort de l'un d'eux, si le fils était mineur, on nommait provisoirement un suppléant qui exerçait cette charge jusqu'à la majorité de l'enfant. Celui-ci à cette époque en prenait possession.

Le bayle de Viella avait beaucoup plus d'autorité que les deux autres qui même lui étaient en quelque sorte subordonnés. C'est à lui seul que le gouverneur adressait directement ses ordres pour qu'il les transmit soit aux deux autres bayles, soit à ceux des différentes communes. Il avait exclusivement le titre de maire.

Indépendamment d'un bayle particulier, il y avait dans chaque commune deux consuls qui étaient en quelque sorte ses assesseurs, et un conseil composé de la presque totalité des chefs de famille et qui étaient appelés à remplir à peu près les mêmes fonctions que celles de nos conseillers municipaux.

Le gouverneur civil et militaire exerçait son autorité sur toute la vallée. Les rois d'Espagne donnaient la place de gouverneur à un ancien officier supérieur avec un traitement de 6,000 francs pour lui tenir lieu de retraite. Il résidait à Viella et était subordonné au capitaine général de la Catalogne (1).

JUSTICE. — Quoiqu'il y eût un juge nommé par le roi, il n'était qu'assesseur du gouverneur; celui-ci lui renvoyait cependant toutes les affaires civiles, mais quand c'était pour une criminelle, l'enquête se faisait toujours par un ordre particulier du gouverneur et en son nom; il en était de même pour la sentence prononcée par le juge (2).

La justice se rendait presque sans aucun frais, il n'y avait ni papier timbré, ni huissier. Un propriétaire prenait, chez le juge, un billet de deux sols avec lequel il pouvait citer, pendant une année, tel homme qui lui plaisait à comparaître devant le juge, mais il était nécessaire qu'il prît deux témoins de sa citation, il était très rare qu'aucun Aranais n'obéit pas; si cela arrivait par mauvaise volonté, il était forcé à comparaître par ordre du gouverneur et puni. Dans les affaires ordinaires, les parties plaidaient elles-mêmes leur cause et le juge prononçait sommairement. Les honoraires du juge, dans les affaires ordi-

(1) Autrefois, les comtes de Ribagorça, descendants de l'infant don Alphonse, étaient héréditairement châtelains de Castelléou et gouverneurs de la vallée d'Aran. En 1574, don Martin d'Aragon, comte de Ribagorça, renonça à ce droit en faveur de Philippe II et de ses descendants. (De Laurière. « Promenade dans le val d'Aran », pages 16, 17, etc.) C'est probablement en souvenir de ces premiers, châtelains que le val d'Aran porte d'or à quatre pals de gueules qui est Aragon depuis le xiie siècle.

(2) Au xviie siècle le système des compositions était encore en vigueur dans la vallée et rapportait au Gouverneur des bénéfices arbitraires.

naires, n'étaient que de un franc; on doit remarquer que quoiqu'il n'écrivit pas son jugement dans les constestations simples, il n'en était pas moins religieusement observé. Quand il s'agissait d'une affaire importante, les parties prenaient des avocats qui écrivaient des mémoires respectivement communiqués sur l'ordonnance du juge et puis déposés au greffe, le magistrat, après avoir pris connaissance des pièces, prononçait la sentence après avoir fait préalablement consigner le montant des épices.

Dans ces sortes d'affaires, les parties pouvaient se pourvoir par voie d'appel devant l'audience royale de Barcelone, si toutefois l'objet litigieux excédait la somme de 30 francs. Cependant, le juge pouvait, moyennant caution, permettre l'exécution provisoire de la sentence toutes les fois que la contestation ne s'élevait pas au-dessus de 9,000 francs.

Armée. — Le capitaine-général de la Catalogne, sous les ordres duquel se trouvait ce gouvernement, demandait quelquefois des hommes pour recruter les troupes du roi, mais cela n'arrivait que rarement et, dans ce cas, on engageait des hommes de bonne volonté.

Le Mémoire où sont puisés ces renseignements ajoute : « Il n'y avait jamais de troupes dans ce pays, mais dans le moment présent (premiers jours de 1812) on aurait besoin d'environ mille hommes pour le défendre, vu que c'est un pays de montagnes et que dans la belle saison l'ennemi peut passer partout et tourner les postes.

» Il y a sur une hauteur et près de Viella le fort Saint-Croix qui est construit depuis dix-huit mois sur le plan de M. le chef de bataillon de Roquemaurel; il est armé de quatre pièces de canon ayant un fossé et une palissade de l'autre côté; ce fort est petit, il nécessitera des frais d'entretien journalier n'étant couvert que de planches. »

Clergé. — « On compte dans la vallée d'Aran cent seize places de prêtres qui ne se trouvent pas toutes occupées soit par mort, ou par quatre qui sont avec les insurgés dont l'un est capitaine.

» Leurs revenus consistent en dixmes et comme ils sont fort nombreux, ils sont peu riches. Chaque prêtre doit être né dans la commune où il exerce son ministère. Le patronat appartient aux communautés. »

Ce clergé dépendait, avant la Révolution française, de l'évêché de Comminges (1); maintenant il dépend de l'évêché de la Seu d'Urgel.

(1) Un dignitaire du chapitre de Comminges avait le titre d'archidiacre d'Aran et de Barousse. La vallée comprenait deux archiprétres : Lez et Gessa. L'évêque était représenté par un proviseur indigène du pays, en même temps que par l'archidiacre capitulaire.

En vertu des attributions et pouvoirs de ce proviseur, appel de ses sentences pouvait être fait au Métropolitain d'Auch sans passer par la juridiction de l'évêque.

On trouve grande différence dans l'instruction des prêtres depuis qu'ils ne font plus leurs études au séminaire diocésain de Comminges établi à Saint-Gaudens (1).

L'Evêque choisit, parmi tous les prêtres, celui qu'il croit le plus capable pour être son grand vicaire, sans avoir égard si c'est un des deux archiprêtres.

REVENUS DES COMMUNES, AGRICULTURE, FORÊTS. — Avant la guerre, les revenus des communes ne consistaient que dans les produits des coupes des bois et des fermes des pâturages. Les habitants ayant perdu leurs bestiaux pendant l'occupation, les pâturages abandonnés auraient été dévorés par les rats d'après un mémoire officiel.

Du reste, le pays était tellement infertile qu'un décret, rendu en 1790 par la Convention, ayant interdit au Comminges de lui fournir des grains, le gouverneur de la vallée écrivit au sous-préfet de Saint-Gaudens une lettre suppliante pour obtenir l'autorisation, qui lui fut refusée, de faire acheter à Saint-Béat un sac de blé dont il avait absolument besoin pour vivre (2).

« Les villages sont presque tous situés sur les bords de la Garonne hors certains qui sont sur les revers des montagnes. Les terres qu'on cultive avec le plus de succès bordent la même rivière; elles sont fort peu conséquentes en comparaison du nombre des habitants; mais ceux-ci ont trouvé un grand secours pour leur nourriture dans les pommes de terre qu'on cultive avec soin depuis environ vingt-cinq ans. Par ce moyen, les Aranais peuvent vendre un peu de grain. »

Comme on l'a déjà vu, les forêts appartenaient aux communes (3) moyennant la redevance d'un *cister* de grains repartie entre tous les chefs de famille et comme sous le nom de *galin del rey*.

Dévastées par les troupes et abusivement exploitées pour satisfaire aux exigences pécuniaires des juntes, elles étaient dans un état déplorable au moment de l'annexion. Les marchands de Saint-Béat et de Saint-Gaudens, qui les affermaient habituellement pour des périodes de quinze ou vingt ans, s'empressèrent de solliciter la ratification de leurs marchés reçus par les notaires ou les secrétaires locaux et dont M. Dralet, conservateur de la 13e division, exigea la collation avec les originaux et la production devant le Conseil de préfecture pour déjouer les fraudes. Quoique cet éminent fonctionnaire fut l'auteur d'un livre

(2) Par Mgr Gilbert de Choiseul du Plessis-Praslin (1644-1671).

(1) Archives de la Haute-Garonne, série M.

(2) Elles étaient administrées par les Consuls (adjoints) et non par les Bayles (maires). L'autorisation nécessaire pour les vendre ou les exploiter devait être donnée par l'Intendant de la province et non par le Conseil général de la vallée.

remarquable sur les Pyrénées (1), il ne savait absolument rien des nouvelles forêts placées sous sa direction, et ce ne fut qu'avec la plus grande difficulté qu'il parvint à s'en rendre un compte exact. Il en confia la surveillance à deux gardes particuliers en créant une nouvelle Inspection comprenant la vallée d'Aran et les cantons de Saint-Béat et de Bagnères-de-Luchon.

Il y avait dans la vallée trois bureaux de douanes dont le principal était à Bossost et les deux autres à Viella et Salardu. Ces bureaux produisaient à la caisse du roi de trente-six à trente-huit mille francs.

Aucun acte notarié ou autre n'était sujet à l'enregistrement, le notaire qui inscrivait l'acte pour avoir hypothèque n'exigeait que cinquante centimes.

Il y avait à Viella un entrepôt de tabac où tous les habitants de la vallée étaient obligés de se pourvoir. Ce bureau donnait peu à raison de la fraude.

Outre une contribution de 14,713 fr. 13, dûe au roi d'Espagne, la vallée payait au clergé la dîme du 1/8 des productions agricoles et des agneaux, laines et fromages, plus une légère redevance par chaque tête de bétail, le tout évalué à la somme de.......... 30.268 60
Représentant un revenu de... .... 242.149 60
En l'augmentant de la somme de................. 60.537 40
ponr le revenu des prairies et fourrages non sujets à la dîme, les agents français des contributions directes purent évaluer le revenu brut foncier de la vallée à la somme totale de......... 302.687 fr.
dont ils imposèrent la moitié; l'autre moitié étant affectée aux frais de culture et d'exploitation.

GÉOGRAPHIE. — Presque ignorée des historiens et des diplomates, la vallée d'Aran est parfaitement connue des touristes et des archéologues, grâce aux travaux de M. le comte de Toulouse-Lautrec (2) et de MM. B. Bernard (3), Maurice Gourdon (4) et J. de Laurière (5).

La question non encore résolue des sources de la Garonne, traitée déjà, en 1875, par le docteur Jenbernat et MM. Filhol et Timbal-Lagrave, vient d'inspirer à M. Emile Belloc, l'alpiniste bien connu, une étude pleine de renseignements inédits sur la région où ce fleuve naît mystérieusement (6).

---

(1) *Description des Pyrénées, considérées sous les rapports de la géologie, de l'économie politique, de l'industrie et du commerce,* 2 volumes, 1813.
(2) *Bulletin Monumental,* tome 29, année 1863.
(3) Voir plus bas.
(4) *A travers l'Aran,* Paris, G. Charpentier, 1884.
(5) *Promenades archéologiques dans le val d'Aran,* Caen, H. Delesque, 1886.
(6) *Les sources de la Garonne,* Club-Alpin français, 1896.

ETAT SOCIAL.—De 1620 à 1760, les Jésuites évangélisèrent, c'est le mot, toutes les hautes vallées Pyrénéennes comprises entre l'Aude et l'Adour.

Dans cette région, un grand nombre d'églises et des plus importantes étaient desservies par les prêtres de Malte et ceux des Bénédictins, des Prémontrés, des Cisterciens et des Cordeliers.

Mais absents, négligents ou relâchés, ils ne remplissaient plus exactement leurs devoirs et n'exerçaient pas même de surveillance sur les vicaires perpétuels auxquels les recteurs avaient délégué leurs pouvoirs. Aussi leurs paroissiens étaient-ils retombés dans une sorte de barbarie, conséquence presque fatale de leur isolement et des habitudes grossières et violentes qu'ils avaient contractées pendant les guerres de religion et la ligue.

Le père Fourcaud, envoyé en 1647 dans la vallée d'Aran, a fait de sa mission une relation contenant, parmi d'autres renseignements utiles à l'histoire et la géographie de ce pays, de curieux détails sur l'état social de ses habitants. Ils exerçaient encore scrupuleusement la vendetta, et leur religion était si peu éclairée qu'ils ne virent dans ce missionnaire qu'un ennemi des privilèges locaux. Du reste, le clergé Aranais partageait cette croyance. Ses prêtres ignorants vivaient sans dignité et étaient si pauvres que plusieurs étaient obligés d'aller mendier en Espagne; d'autres, remplaçant les femmes occupées sur la montagne, tricotaient ou gardaient les enfants.

Ces abus et bien d'autres furent visés et réformés par Mgr de Choiseul-Praslin dans ses ordonnances synodales du 25 septembre 1646, et par Mgr de Lubière du Bouchet dans son Mandement de 1724 (1).

Il faut lire ces documents pour comprendre le caractère des Aranais dont vraiment M. de Froidour a dit trop de mal, car, malgré leur rudesse, ils étaient accessibles à tous les sentiments généreux et avaient les qualités et les défauts des deux peuples auxquels la nature et le concours des événements avaient mêlé leurs destinées.

La topographie de la vallée d'Aran et les liens de toute nature qui nous unissent à ses habitants justifieraient son annexion à la France, si nous pouvions en obtenir la cession de l'Espagne en échange de nos droits sur le val d'Andorre. Mais cette petite République ratifierait-elle ce marché dans lequel nous n'aurions à offrir qu'un demi droit de suzeraineté aujourd'hui purement nominal en retour d'une pleine propriété ?

(1) M. B. Bernard : *Revue de Comminges*, années 1893, p. 95 et 109, et 1895, pages 268 et 326.